MULTA

BIEN, COMO QUIERAS.

SUPONGO QUE NO TE IMPORTA SER ATACADO POR MONOS.

ESTE FUE EL ÚLTIMO CHICO QUE LEYÓ ESTE LIBRO.

¡ESPERA!

NO GIRES

Para mis monitos preferidos, Aeryk y Grey. A. L.
Para Hannah. M. F.

Título original: WARNING: DO NOT OPEN THIS BOOK!
Publicado con el acuerdo de Simon & Schuster Books for Youngs Readers, un sello
de Simon & Schuster Children's Publishing Division, Nueva York
© del texto: Adam Lehrhaup, 2013
© de las ilustraciones: Matthew Forsythe, 2013
© de la traducción española:
EDITORIAL JUVENTUD, S.A.
Provença, 101 - 08029 Barcelona
info@editorialjuventud.es
www.editorialjuventud.es
Traducción de Teresa Farran
Primera edición, 2014
ISBN 978-84-261-4038-8
DL B 18903-2013
Núm. de edición de E. J.: 12.686
Printed in China

¡NO ABRAS ESTE LIBRO!

ADVERTENCIA

NARRADO POR

ADAM LEHRHAUPT

ILUSTRADO POR MATTHEW FORSYTHE

editorial juventud

Barcelona

Tal vez deberías devolver este libro.
Seguro que no quieres dejar salir a los monos.

¿Por qué giras la página?

¿No has visto la advertencia?

Permanece en esta página. Aquí estás a salvo.

Esta es una **buena** página.

Me *gusta* esta página.

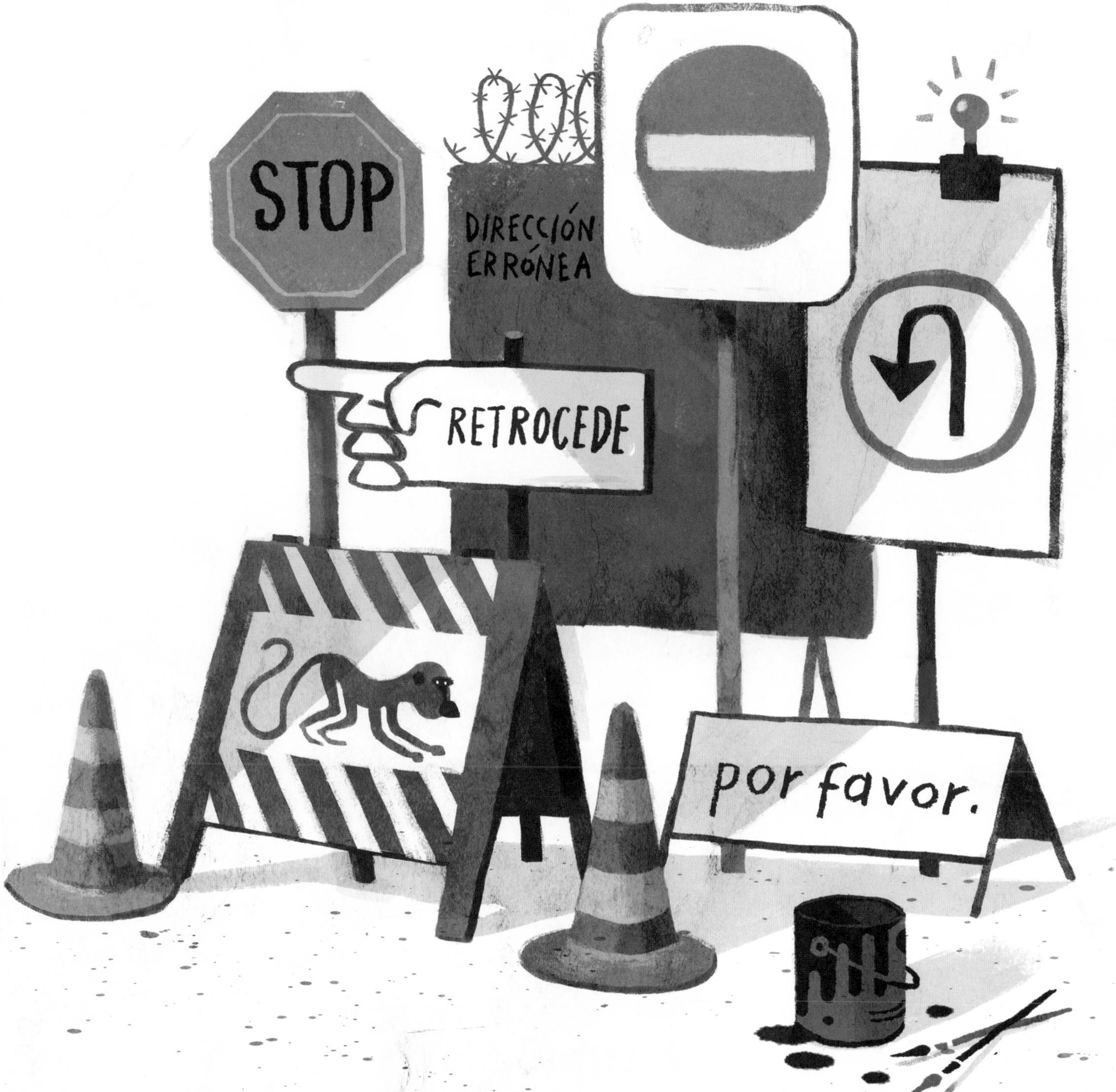
STOP
DIRECCIÓN ERRÓNEA
RETROCEDE
por favor.

Oh, no. Ya lo has hecho.

¿Qué hacen

¡Menudo lío!

Monos traviesos.

¡Aún puede ser PEOR! No tientes a la suerte pasando la página.

¿Monos y
tucanes?

¿Puedes parar ahora?

Todo iba tan bien.

¡Espera!

¿Has oído ese ruido?

Eso no parecen...

monos...

¿¡Un CAIMÁN!?

¡Esto es una catástrofe!

Se requieren medidas extremas.
Solo tú puedes arreglarlo.
¡Tienes que poner una trampa!

Esto seguramente funcionará. Es una gran trampa.

A LOS CAIMANES **LES ENCANTAN** LOS TUCANES Y LOS MONOS.

A LOS TUCANES Y A LOS MONOS
LES ENCANTAN
LAS BANANAS.

EL
PLAN

¡PUEDES METERLOS
A TODOS EN ESTE
LIBRO!

No hagas ruido. Que no se asusten.

Tienes que estar en silencio para que no se escapen.

Esta es tu gran oportunidad...

Cuando diga «ya», cierra el libro.

¿Preparado?

Listo...